Pour Richard

GARANTIE DE L'ÉDITEUR

Pour vous parvenir à son plus juste prix, cet ouvrage a fait l'objet d'un gros tirage.
Malgré tous les soins apportés à sa fabrication, il est malheureusement possible qu'il
comporte un défaut d'impression ou de façonnage. Dans ce cas, ce livre vous sera
échangé sans frais.Veuillez à cet effet le rapporter au libraire qui vous l'a vendu ou
nous écrire à l'adresse ci-dessous en nous précisant la nature du défaut constaté. Dans
l'un ou l'autre cas, il sera immédiatement fait droit à votre réclamation.
Librairie Gründ - 60, rue Mazarine - 75006 Paris

Adaptation française de Monique Souchon
Texte original de Nicola Smee
Première édition française 1991 par Librairie Gründ, Paris.
© 1991 Librairie Gründ pour l'adaptation française.
ISBN : 2-7000-4327-8
Dépôt légal : août 1991
Édition originale 1991 par Walker Books Ltd
sous le titre original *Finish the story, Dad*
© 1991 Nicola Smee
Photocomposition : Graphic And Co, Paris.
Imprimé à Hong Kong par Dai Nippon (Pte) Ltd

Loi n° 49-956 du 16 Juillet 1949 sur les publications destinées à la jeunesse.

FINIS L'HISTOIRE, PAPA !

Texte et illustrations de

Nicola Smee

DROLALIRE

GRÜND

Tania adorait le moment où, blottie dans son lit,
elle écoutait l'histoire que lui lisait son père.

Et elle détestait le moment
où il s'arrêtait avant d'avoir fini.

Elle essayait de le retenir,

même s'il promettait de terminer
l'histoire le lendemain.

Un soir, elle descendit même au salon
pour tenter de l'amadouer, mais il se fâcha :
"Regarde ! Je lis le journal.
Nous finirons ton livre demain soir.
Et maintenant, va te coucher !"

Tania remonta dans sa chambre, se coucha…
et commença à compter.

Car on lui avait dit qu'il fallait compter pour
trouver le sommeil. Elle n'arrivait pas à
comprendre pourquoi. Mais à peine avait-elle
fermé les yeux que son lit s'ébranla sous l'effet
d'une violente secousse.

"Pourquoi comptes-tu ?" lui demanda
un énorme lion, surgi au pied du lit.

"Pour dormir", expliqua-t-elle.
" Ça ne marche pas".

"Mais je sais bien ce qui marcherait.
S'il te plaît, lis-moi la fin de l'histoire."

"Grand Dieu ! Non !
Grimpe plutôt sur mon dos", gronda le lion
qui s'élança dans un royal grognement.

Pourtant, quelques instants plus tard, le lion fut
le premier à ressentir quelque fatigue.

"Merci pour la chevauchée", lui dit Tania.
"Mais je n'ai pas du tout sommeil.
Je vais marcher un peu."

Tout en cheminant, elle vint à croiser
un serpent qui se balançait.
"S'il te plaît, lis-moi ce livre", susurra-t-elle.

"Assurément pas ! Mais veux-tu
jouer avec moi ?"
siffla le serpent.

Puis, le serpent se fatigua. "C'était très amusant, mais je veux aussi faire la sieste." Et Tania s'en alla. Chemin faisant, elle avisa un gorille.

"Grand gorille, me liras-tu l'histoire ?"
"J'aimerais mieux grimper de branche
en branche et m'élancer d'arbre en arbre",
rétorqua le gorille.

Malgré sa robustesse, le gorille déclara
forfait. Tania préconisa : "Repose-toi,
moi je continuerai."

Au creux d'une rivière, se prélassait un
crocodile. Elle cria : "Me raconteras-tu le reste
de l'histoire, crocodile aux grands crocs ?"

"Non. Viens plutôt traverser la rivière en radeau."

Sur le rivage, une girafe. Déjà Tania voulait lui demander… quand la girafe chuchota : "Chut ! Mon petit dort."

"Trouverai-je quelqu'un pour terminer
l'histoire ?" soupira Tania.

"Je crois que je connais quelqu'un",
chuchota un toucan. "Un vieil éléphant roi,
tranquille et cultivé. Prépare-toi !"

Et l'oiseau l'emporta. Ils volèrent longtemps,
bien au-dessus des arbres. Soudain l'oiseau
ouvrit le bec pour dire : "Nous devrions
nous reposer", et…

Tania tomba, bien sûr.

Elle tomba, tomba…

Et atterrit à grand fracas
sur le plancher de sa chambre.

Son père se précipita dans l'escalier.

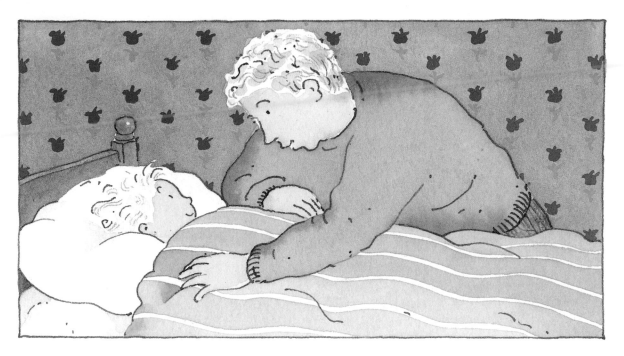

Il la prit dans ses bras, la recoucha…
et ramassa le livre.

"Je vais terminer ton histoire", dit-il.

Mais elle dormait déjà profondément.